Johann Nepomuk von Heinrich

Die cultur der animalen Vaccination im Römischen Bade in der heurigen Impfsaison

Antigonos

Johann Nepomuk von Heinrich

Die cultur der animalen Vaccination im Römischen Bade in der heurigen Impfsaison

Unveränderter Nachdruck der Originalausgabe von 1877.

1. Auflage 2024 | ISBN: 978-3-38643-907-7

Antigonos Verlag ist ein Imprint der Outlook Verlagsgesellschaft mbH.

Verlag: Outlook Verlag GmbH, Zeilweg 44, 60439 Frankfurt, Deutschland
Vertretungsberechtigt: E. Roepke, Zeilweg 44, 60439 Frankfurt, Deutschland
Druck: Libri Plureos GmbH, Friedensallee 273, 22763 Hamburg, Deutschland

DIE CULTUR

DER

ANIMALEN VACCINATION

IM

RÖMISCHEN BADE

IN DER

HEURIGEN IMPFSAISON.

VON

DR. J. N. v. HEINRICH.

IM NOVEMBER 1877.

WIEN.

IM SELBSTVERLAGE DES VERFASSERS.

In den nachfolgenden Zeilen will ich meine Impfanstalt beschreiben, die Art und Weise besprechen, in welcher die animale Vaccine erzeugt, gesammelt und aufbewahrt wird, zugleich die beste Methode angeben, mit derselben zu impfen, und im Anschlusse auf Grund meiner bisher gemachten Beobachtungen den Werth der animalen Vaccine, der humanisirten gegenüber, darstellen.

Der Umstand, dass ich bei Beschaffung des Impfstoffes zur Impfung meiner Enkel auf besondere Schwierigkeiten gestossen bin, sowie mehrere zur selben Zeit in der «Wiener Medicinischen Wochenschrift» von Hofrath Dr. Röll, Director des Wiener Thier-Arznei-Institutes, erschienene Artikel, und endlich, dass mir im «Römischen Bade» eben solche geeignete Localitäten zur Disposition standen, wie sie in der Hamburger Impfanstalt im Gebrauch sind, veranlassten mich, die Cultur der animalen Vaccine in Angriff zu nehmen. In dieser Absicht besuchte ich im April l. J. in Begleitung meines in Ofen practicirenden Sohnes Dr. Koloman v. Heinrich die Impfanstalten in Berlin, Hamburg, Utrecht, Haag, Rotterdam und Amsterdam, und informirte mich in den Anstalten dieser Orte bezüglich aller auf das Wesen und die zu beobachtenden Cautelen bezughabenden Fragen.

Nach Beendigung meiner Special-Studienreise konnte ich am 12. Mai meine Anstalt eröffnen.

Der Eingang zu dieser, mit hoher Statthalterei-Bewilligung concessionirten und unter unmittelbarer Aufsicht der Sanitäts-Behörde befindlichen ersten Impfanstalt Wiens, ist im Foyer des «Römischen Bades».

Man tritt in einen grossen, elegant decorirten und mit Comfort möblirten Saal, dessen kunstvoll plastisch ausgestattete und reich vergoldete Decke von vier schlanken dorischen Säulen aus weissem Marmor getragen wird. Zahlreiche bequeme Divans laden zum Sitzen ein. Am Schreibtische, inmitten des Saales, werden die Impflinge von dem hiezu bestellten Beamten dreimal in der Woche: Dienstag, Mittwoch und Donnerstag, empfangen und deren Namen und sonstige Qualificationen eingetragen. Die Angehörigen des Impflings oder der erwachsene Impfling selbst bekommen eine Aufnahmskarte, die Ziffern derselben bestimmen die Reihenfolge, nach welcher in dem anstossenden Raume die Impfung mit unmittelbar vom Kalbe genommenen Stoffe vollführt wird.

Hier liegt während der Impfstunden von 8 bis 11 Uhr Vormittags, auf einem den holländischen Vorkehrungen ähnlichen, aber gleichzeitig zum Aufklappen eingerichteten Tische das geimpfte und zur Abnahme des Impfstoffes bestimmte Kalb. Speciell ist nebenan noch ein Cabinet zum Impfen der Damen und eine Stube zur Revaccination der Herren, ferner noch ein Local mit einem zweiten Impftische zur Impfung der Kälber.

Parallel mit diesen Räumen laufen die Vorzimmer zu den erwähnten Localitäten, so dass man unmittelbar in jedes Local ohne Berührung der übrigen gelangen kann.

Im Keller, unter den beschriebenen Räumlichkeiten, befindet sich der Kälberstall. Die Kälber gelangen auf einer schiefen Ebene dahin von der Strasse und werden von da mittelst Aufzuges direct in die Impfräume und auf den Impftisch gebracht; eine Manipulation, die von einem Diener leicht und schnell besorgt werden kann. Die im Stalle befindlichen Kälber sind im Impf-Locale selbst durch einen optischen Apparat sichtbar.

Am 8. Mai impfte ich das erste Kalb mit einem Kuhpockenstoffe, den ich aus Utrecht mitgebracht; ich machte 70 Impfstellen und es kamen deren über 60 zur Reife. Am vierten, fünften und sechsten Tage nach der Impfung impfte ich hievon acht Kinder mit je sechs bis acht Impfstichen und hatte die Freude, dass sich bei sämmtlichen Impflingen die Pusteln ohne Ausnahme gut und schön entwickelten; es wurden wirklich schöne Jenner'sche Pusteln erzielt. Dabei war die Reaction mässig, das Fieber gering, das allgemeine Befinden der Kinder nicht wesentlich alterirt.

Ich impfte nun von Kalb zu Kalb und von Kalb auf Kinder bis zum fünften Kalb, was Ende Mai geschah; im Ganzen von fünf Kälbern 42 Kinder, wovon bei 36 alle geimpften Stellen zu schönen Blattern führten, somit $^6/_7$ vollständig gut anschlugen. Ein Siebentel der Geimpften hat sich theils nicht wieder gemeldet, theils ohne Erfolg gehabt zu haben präsentirt. Vom sechsten Kalb, den 1. Juni an, bis zum vierzehnten Kalb, den 30. Juni, hatte ich sehr schlechte Ergebnisse, denn ich hatte nicht einmal von 100 Geimpften bei 75 Erfolg. Ich schreibe dies der grossen Hitze, den häufigen Gewittern und zumeist dem Umstande zu, dass in dieser Zeit alle Kälber Diarrhöe hatten, was der Entwickelung der Blattern offenbar geschadet hat. In derselben Zeit hatte man auch in der Hamburger Impfanstalt mit der Diarrhöe der Kälber zu kämpfen und von der animalen Vaccine häufige Misserfolge, impfte daher viel von Arm zu Arm. Auch in München, in der Staats-Central-Impfanstalt, impfte man heuer nur im Beginne der Saison vom Kalbe, später ausschliesslich nur von Arm zu Arm.

Anfangs Juli impfte ich das fünfzehnte Kalb und habe bis heute noch fünfzehn Kälber geimpft, anfangs wöchentlich drei, später zwei, endlich nur ein Kalb. Von diesen Kälbern habe ich 835 Kinder geimpft und bei 651 hat die Impfung den besten Erfolg gehabt; es kamen theils alle, theils die meisten Pusteln zum Vorschein. Bei 108 Kindern hat die Impfung in diesem Zeitraume fehlgeschlagen, bei 76 ist der Erfolg unbekannt geblieben, weil die Impflinge zu keiner Revision erschienen.

Ich habe somit noch nicht jenen günstigen Procentsatz des Erfolges erreicht, dessen man sich in Holland bei Impfung mit animaler Vaccine jetzt schon rühmt [*]). Zum Theil liegt wohl der Erfolg auch in der Qualität der Kälber. In Holland werden 3—4 Centner schwere Kälber zur Impfung benützt, was hier deshalb unmöglich ist, weil derartige Kälber nicht auf den Markt gebracht werden. Die holländischen Impfanstalten, und das mag hauptsächlich die Ursache ihrer besonders günstigen Resultate sein, sind überdies alle subventionirte Anstalten; sie können sich nach Bedarf, ohne Scheu für diesfällige Auslagen, eine genügende Anzahl von Kälbern vorimpfen, damit sie bei Bedarf die Auswahl haben, um von gehörig reifen Pusteln impfen zu können, und impfen nur dann mit animaler Vaccine, wenn sie eine voraussichtlich zuverlässigen Erfolg versprechende Lymphe disponibel haben, in anderem Falle impfen sie durchgehends von Arm zu Arm [**]). Trotz alledem habe ich aber doch weit günstigere Erfolge schon in der ersten Saison erzielt, als man noch vor einigen Jahren, bei Beginn der Cultur der animalen Vaccine, irgendwo erreichte; und so unzufrieden ich selbst mit meiner Leistung im Monate Juni noch war, so sehr freut mich nun der durchschnittlich erzielte Erfolg.

Mein Vorgehen beim Impfen der Kälber war folgendes:

Ich suchte wöchentlich Thiere zu bekommen, so kräftig und gut genährt als sie nur zu haben waren, denn an den kräftigsten Thieren wurden stets die schönsten Pusteln erzeugt.

Anfangs impfte ich von Kalb zu Kalb, d. i. von dem letzten Kalb immer das nächstfolgende; da ich aber bei den Kälbern Nr. 7 bis 14 nicht eben so günstige Erfolge erzielte, wie bei den Kälbern von Nr. 1 bis 6, und da ich bei meinem

---

[*]) Dr. B. Garsten (Inspecteur du service de santé) berichtet dem «Congress periodique international de sciences médical» in Genf im September 1877 über die Erfolge der animalen Vaccine in Holland und führt im tabellarischen Ausweise über die Erfolge derselben in Amsterdam beispielsweise an, dass bei 2336 im Jahre 1876 Geimpften nicht ein einziger Misserfolg gewesen wäre! (?)

[**]) Damit konnte ich mir nicht aushelfen, indem die hohe Statthalterei, aus mir unbekannten Gründen bei Ertheilung der Concession, die Verwendung der humanisirten Lymphe nicht gestattet hat.

ersten Kalbe, welches ich den 8. Mai mit einem Utrechter Stoffe vom September 1876 impfte, äusserst günstige Resultate erreicht hatte, so impfte ich am 1. Juli das Kalb 15 mit der Lymphe von Kalb 1, abgenommen am 12. Mai, also mit einer 48 Tage alten Lymphe. Ich erzielte vorzügliche Pusteln und äusserst günstige Resultate bei der Impfung des Kalbes sowohl, wie bei der nachherigen Impfung der Kinder. Seitdem impfte ich nie mehr von dem letzten Kalbe, dessen Impfungsresultate mir bei Impfung des nächsten Kalbes noch nicht bekannt sein konnten, sondern immer mit einer Lymphe von einem früher gebrauchten Kalbe, von deren Wirksamkeit ich durch die Revision der Geimpften bereits in Kenntniss war. Ich habe seit dieser Zeit weit günstigere Resultate sowohl bei Kälbern wie auch bei Kindern erreicht. Die Wirksamkeit der guten Lymphe ist nicht auf eine so sehr kurze Zeit beschränkt als man allgemein glaubt und hat besonders bei Impfung der Färsen auch dann in der Regel gute Wirkung, wenn die Lymphe mehrere Monate alt ist. Ueberhaupt lehrt die Erfahrung, dass die Kälber sehr empfänglich sind für die Aufnahme der animalen Vaccine.

Behufs Abnahme des Impfstoffes vom Kalbe zur Versendung oder zur sofortigen Uebertragung auf den Impfling, wählt man unter der Zahl der am Bauche des Thieres sich entwickelnden Pusteln solche, welche man in ihrer Entwickelung für genügend vorgeschritten hält. Diese gewisse Reife der Pusteln zählt nach Stunden. Besonders im Hochsommer werden die Pusteln oft unter der Arbeit der Abnahme überreif und unbrauchbar; jedenfalls fällt die geeignete Zeit zur Abnahme des Impfstoffes zwischen den dritten und fünften Tag nach der Impfung, und die Bestimmung des richtigen Zeitpunktes zur Abnahme des Impfstoffes ist die Hauptsache.

Damit nun ein Thier durch mindestens zwei Tage frischen, zuversichtlich brauchbaren Impfstoff gebe, zeigt sich als nothwendig, bei der Impfung des Thieres verschiedene Impf-Instrumente in Anwendung zu bringen, weil es sich beispielsweise herausstellte, dass im Allgemeinen die Scarification

eine frühere Pustelentwicklung erzielt als der Impfstich. Bei
einer Reihenimpfung kann der Erfolg verschiedener Instrumente und auch verschieden alten Stoffes leicht und untrüglich
verfolgt werden.

Um jederzeit über zuversichtlich brauchbaren Impfstoff
verfügen zu können, müsste man täglich ein Kalb impfen, damit
man bei nachheriger Abimpfung die Wahl der Pusteln von
zwei oder drei Thieren habe. Eine solche Anstalt würde von
einem Einzelnen allzugrosse Opfer fordern, sie könnte dagegen
in Staatshänden zu segensreichem Erfolge einer ganzen Bevöl-
kerung erblühen. Dann wäre es auch möglich, eine solche Impfanstalt mit einer grösseren landwirthschaftlichen Staatsanstalt,
wobei sich eine ausgedehnte Schweizerei befindet, in Ver-
bindung zu bringen, damit die Kälber während der Impfdauer
vom Euter der Kuh genährt würden, und dadurch sowohl den
so häufig auftretenden und der Impfung wie auch der Abimpfung
gleich nachtheiligen Diarrhöen auf das Sicherste vorgebeugt,
zugleich der Erfolg der Impfung gesichert wäre.

Je nach dem augenblicklichen Bedarfe an Impfstoff bei
sofortiger Weiterimpfung oder dem voraussichtlichen Bedarfe
des Versandes, werden ein, zwei und mehr Klemmzangen
unter schwachem Drucke an die pusteltragende Hautfalte an-
gesetzt. Solche ausgewählte Pusteln geben in der Regel keinen
mit Blut vermischten Stoff; der Impfstoff tritt vielmehr in Perlen, wasserhell oder leicht gelb gefärbt, an die Oberfläche.
Bei der Impfung werden diese Perlen direct auf den Impfling
übertragen.

Die Versendung des Impfstoffes geschieht, wie bekannt,
in fester und in flüssiger Form; die flüssige ist die beliebteste,
obwohl der Stoff in dieser Form am frühesten dem Verderben
unterliegen soll. Diese Bemerkung will ich vorläufig weder
bestätigen, noch widerlegen, da meine Beobachtungen erst
von Mitte Mai her datiren, bei Impfung der Kälber der ältere
eingeimpfte Stoff gleich gut anschlug (was also altem und
frischem Stoffe eine gleiche Güte zuspräche) und ich ander-
seits Kinder wie Erwachsene ausschliesslich mit Stoff frisch-

geöffneter Pusteln impfte, um einen voraussichtlich guten Erfolg zu haben.

Um Impfstoff in fester Form, d. h. trocken, zu erzeugen, schneidet man die ganze Pustel ab und bringt sie, je nach der Menge, unter ein oder zwei Paare von Glasplättchen, welche mit Paraffin oder Schellack luftdicht abgeschlossen werden.

Bei der Herstellung von Beinplättchen werden diese früher leicht mit arabischem Gummi bestrichen, und nachdem dieser auf den Plättchen getrocknet, werden sie einzeln an den Impfstoffperlen vorbeigeführt, und zwar ein wenig mit der Spitze nach oben gerichtet, damit der Stoff schneller anfliesse. Dann werden die Beinplättchen, mit den Spitzen frei nach unten geneigt auf Brettchen aufgelegt und wenn der Stoff eingetrocknet, was in wenigen Minuten der Fall ist, an kühlem Orte bis zu eventueller Versendung aufbewahrt. Ein solches Beinplättchen, vor Gebrauch in warmes Wasser getaucht, ist ebenso Träger des Stoffes wie gleichzeitig Impf-Instrument selbst, denn das doppelschneidige Plättchen arbeitet wie die Lanzette.

Die in ihrer Form bekannten Glasphiolen (S. Umschlag, Fig. 1), in denen der flüssige Stoff zur Versendung kommt, sind vor ihrer Füllung mit Impfstoff an beiden Enden zugeschmolzen. Beide Enden werden kurz vor Füllung der Phiole, d. h. wenn durch Anlegen der Zangen die Impfstoffperlen hervortreten, etwa bei den Pfeilen in Fig. 1 angedeutet, abgebrochen. Das eine Ende der Glasphiole, wozu man das in der Regel etwas weitere und stärkere wählt, wird aufrecht zwischen den Fingerspitzen und in die zwischen der Klemmzange befindliche Lymphe der Pustel so lange gehalten, bis sich durch die Capillarität das ganze Röhrchen anfüllt. Will man Glycerin zur Füllung verwenden, so wird das Röhrchen zuerst in solches, das mit gleichen Theilen destillirtem Wasser gemischt ist, getaucht. Das Glycerin steigt auch zufolge der Capillarität in der Phiole auf, und nachdem es die in Fig. 2 angedeutete Höhe von *a* erreicht hat, wird die Phiole sofort in die Impfstoffperle der gepressten Pustel gehalten, ebenfalls wieder senkrecht, um mitaufsteigende Luftblasen zu vermeiden, welche bei Geneigthalten der Phiole, oder gar abwärts gerichteter Lage derselben, fast in der Regel zwischen dem aufsteigenden Stoffe mit eintreten.

Vorsichtig ist die Erwärmung des mittleren stärkeren Theiles der Phiole, resp. des Impfstoffes, durch die Finger zu vermeiden und bei Füllung, wie überhaupt bei fernerer Berührung der gefüllten Phiole, diese nur leicht an den Enden zu fassen. Eine vorherige Erwärmung der leeren Phiole findet nicht statt, die Füllung geschieht eben nur in Folge der Capillarität.

Ist der Impfstoff, das Glycerin ba vor sich hertreibend, bis zur Höhe b der Fig. 3 emporgestiegen, so bringt man die Phiole schnell wieder in das Glycerin und erreicht damit auch an diesem Ende einen Glycerinverschluss, so dass nach Fig. 4 zwischen b und b die Phiole mit Impfstoff angefüllt ist, während die beiden Enden nahezu nur Glycerin enthalten werden. Dieser Glycerinverschluss soll nicht die Vermehrung des Impfstoffes zum Zwecke haben — denn man verfügt bei zuversichtlich brauchbarem Stoffe während der Cultur der animalen Vaccine in der Regel auch über genügende Quantitäten; es soll vielmehr der längeren Conservirung dienlich sein, wie auch hauptsächlich bezwecken, dass bei der jetzt erfolgenden Verschliessung der gefüllten Phiole eine Erwärmung des Impfstoffes und die Coagulirung desselben hintangehalten werde.

Die offenen Enden der jetzt gefüllten Phiole werden entweder an der Spiritusflamme vorsichtig zugeschmolzen oder mit Schellack verschlossen (Fig. 5). Das Verschliessen muss mit grosser Aufmerksamkeit geschehen, denn man täuscht sich dabei leicht und hat eventuell nach kurzer Zeit Luftperlen in der Phiole, oder der Impfstoff ist coagulirt.

Impfstoff, ob flüssig oder fest, soll an einem kühlen Orte aufbewahrt werden, und es ist das Ausserachtlassen dieser Vorsicht vielleicht einer der Gründe, weshalb selbst älterer Impfstoff bei meinen geimpften Kälbern gut anschlug, während frisch versandter ohne Erfolg blieb.

Ich gebe den in Versand kommenden Phiolen ein Ausblaseröhrchen (Fig. 6) und eine kleine Glasplatte (*A*) bei. Kurz vor Gebrauch werden die Enden der Phiole abgebrochen und diese in das Ausblaseröhrchen gebracht (Fig. 7). Durch das Abbrechen der Enden wird der grösste Theil des die Phiole beiderseitig erfüllenden Glycerins, bei jener, wo solches verwendet wurde, entfernt; der Rest, welcher dem Impfstoffe noch anhaftet, kann deshalb schon als ohne Nachtheil angesehen werden, da Impfstoff zwischen Glasplatten vor seinem Gebrauche eben auch mit Glycerin verrührt werden muss. Ueberdies behaupten viele erfahrene Impfärzte, dass eine geringe Beimischung von Glycerin der Wirksamkeit der Lymphe gar keinen Eintrag mache.

Die Phiole in dem Ausblaseröhrchen wird in die in Fig. 7 angedeutete Entfernung von der vorher gut gereinigten Glasplatte gebracht, worauf bei geringem Blasen durch das oben offene Ausblaseröhrchen der Impfstoff der Phiole als Perle auf das Gläschen fällt. Ein Anhalten der Phiole auf das Glasplättchen ist deshalb ein Fehler, weil dadurch der Impfstoff leicht als Blase auf dem Glasplättchen in grosser Fläche mit Luft in Berührung kommt und dem empfindlichen Stoffe von Schaden sein kann.

Was den Platz der Impfung anbelangt, so impfe ich in der Regel am Delta-Muskel; bei Mädchen von drei bis vier Jahren impfte ich, um einer sichtbaren Narbe vorzubeugen, wenn dies gewünscht wurde, auf der vorderen Fläche des Oberschenkels. Was die Technik der Impfung anbelangt, so sorgte ich vor allem für einen Topf siedendes Wasser, welches während der ganzen Dauer der Impfzeit durch eine Spirituslampe kochend erhalten wurde. Dieses kochende Wasser diente mir zum Eintauchen aller Impf-Instrumente nach jeder einzelnen Impfung, und ehe ich eine neue Impfung vornahm, versäumte ich es nie, das betreffende Instrument in das siedende Wasser einzutauchen. Auf das blosse Abwischen des Instrumentes allein soll man sich jedenfalls nicht verlassen; das siedende Wasser wird eine Reinigung am besten bewirken und eventuell · Stoffe unschädlich machen, welche dem Impfling in irgend einer Weise nachtheilig sein könnten.

Was die Wahl der Instrumente betrifft, so impfte ich meist mit einer zweischneidigen scharfen Lanzette, nahm genügenden Impfstoff von der geklemmten und die klare Lymphe ausschwitzenden Pustel des Kalbes auf ein reines Glasplättchen und tauchte die zweischneidige Lanzette in die Flüssigkeit ein. Diese Flüssigkeit übertrug ich auf jene Stelle der Haut, wo ich die Impfpusteln haben wollte, und machte in der bereits auf der Haut befindlichen Lymphe mit der Spitze der scharfen Lanzette zwei bis drei seichte Ritzer über kreuz und quer. Die durch das schwach durchsickernde Blut rosenroth gefärbte Lymphe strich ich mit der Fläche der Lanzette über die Scarification in die geritzte Hautstelle ein.

Ich war in der Benützung der Lymphe nie sparsam, und ich habe dies als ein Haupterforderniss des Gelingens bei Benützung der animalen Lymphe erprobt.

Nachdem ich auf diese Weise alle Impfstellen, deren ich, je nach den Individuen, vier bis zehn Stück bei jedem machte, beendet hatte, nahm ich Impfstoff vom Kalbe auf ein anderes reines Gläschen und strich diesen Impfstoff mit einem elfenbeinernen Spatel in alle Impfstellen neuerdings ein. Wenn an einer oder der anderen Impfstelle sich ein Tröpfchen Blut gezeigt hatte, wischte ich dieses ab, noch ehe ich den neuen Impfstoff auftrug. Nach so geschehener Impfung liess ich dann die Impflinge mit dem Ankleiden so lange warten, bis die geimpften Stellen gut trocken geworden waren. Zuweilen, bei grösserem Andrange der Impflinge, impfte ich, der Zeitersparniss wegen, mit Warlomont's Instrument (Vaccinateur-trephine), einem sehr bequemen Werkzeuge, besonders bei genügend vorhandenem Impfstoffe, wie es bei der Handhabung animaler Vaccine der Fall sein muss.

In Betreff des Erfolges aber bot das Warlomont-Instrument im Vergleich zu der Scarification mit der Lanzette in der vorher auf die Haut aufgetragenen Lymphe keine besonderen Vortheile.

Warlomont's Instrument, dessen Abbildung und Handhabung ich nebenstehend gebe, ist ein kreisrunder Schnäpper, welcher statt der geraden Schnitte einen Ring von beliebiger Grösse in die Epidermis einschneidet, je nachdem man einen kleineren oder grösseren Trepan im Instrument benützt. Er schneidet seicht oder tief, je nachdem man ihn einstellt und das Instrument handhabt. Jedenfalls ist einige Uebung erforderlich, um nicht zu seichte oder zu tiefe Kreisschnitte zu erzeugen; im ersteren Falle mangelt der Erfolg aus dem Grunde, weil die Lymphe nicht unter die Epidermis gelangt, im

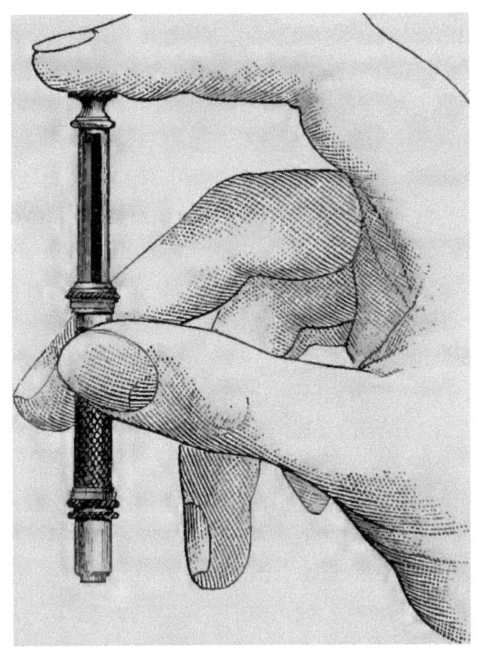

letzteren, weil die darauf erfolgende Blutung den Impfstoff theilweise oder vollständig wegwäscht oder zu sehr verdünnt.

Die Handhabung des Instrumentes ist sehr einfach. Nachdem man dasselbe in die auf dem Glasplättchen befindliche Impf-Lymphe eingetaucht hat, setzt man es auf die zu machende Impfstelle der Haut, je nachdem diese zart oder derber ist, schwach oder stärker auf und drückt mit dem Zeigefinger den Piston des Instrumentes schwach oder stärker nieder, womit die ganze Operation beendet ist, denn es bleibt bei diesem Verfahren so viel Impfstoff auf der geimpften Stelle sitzen, dass jedes fernere Auftragen unnöthig ist. Dass auch beim Impfen mit diesem Instrumente das Aufsaugen des Impfstoffes und Abtrocknen der Impfstelle abgewartet werden muss, ist selbstverständlich.

Nach vollzogener Impfung ordinire ich meinen Impflingen ein tägliches lauwarmes Bad bis zum Revisions-Tage (dem siebenten oder achten Tag nach der Impfung), und habe gefunden, dass jene, welche diesen Rath befolgten, die wenigsten Unbequemlichkeiten zu erdulden hatten: der Verlauf war bei diesen unmerkbar, bei keinem dieser Impflinge ist über Erysipel oder andere ungünstige Zufälle zu klagen gewesen.

Am siebenten oder achten Tage nach der Impfung sollten die Impflinge zur Revision wieder erscheinen, doch geschah dies bei kaum der halben Zahl derselben. Viele blieben gänzlich aus, manche kamen nach erfolgter Schorfbildung. Bei jenen, welche rechtzeitig zur Revision erschienen sind, habe ich nur die sehr prallen Pusteln vorsichtig oberflächlich geöffnet.

Vom siebenten, respective achten Tage an habe ich in der Regel das weitere Baden bis zur erfolgten Schorfbildung eingestellt und Einpinseln der Impfstellen mit Glycerin angeordnet. Bei stärkerer Reaction, Röthung und Anschwellung verordnete ich kurzdauernde kalte Umschläge über die Impfstellen bei Tag, und Sauerteig auf die Fusssohlen bei Nacht, und habe mit diesem einfachen Medicamenten-Apparat in allen Fällen ausgereicht.

Verschwärung der Impfstellen kam nur zweimal, geringer Rothlauf einigemale vor, und war in diesen Fällen stets die Unreinlichkeit bei der Pflege der Impflinge schuld; wandernden Rothlauf habe ich bei keinem der 1400 Impflinge zu sehen bekommen, und haben alle Angehörigen das Befinden der Kinder nach der Impfung als vorzüglich geschildert.

Was die Versendung der animalen Lymphe anbelangt, so hatte ich im ganzen 608 Versendungen meist mit Einer Phiole, zum Theil mit zwei und mehr Phiolen, im Ganzen 1706 Phiolen; doch kann ich betreffs der mit dem versandten Impfstoff erzielten Erfolge keine Zahlen angeben und nicht über die erreichten Procente der Wirkung sprechen, weil ich trotz meiner dringenden Bitte an jeden Besteller kaum von der Hälfte derselben Berichte über den Erfolg erhielt. Der Umstand indess, dass mehr als $^2/_3$ meiner Committenten Nachbestellungen machten, ferner, dass in der Ersten Wiener Poliklinik den ganzen Sommer hindurch mit meiner Lymphe und meist günstigem Erfolge von Woche zu Woche fortgeimpft wurde, muss für einen genügend guten Erfolg der versandten animalen Vaccine sprechen. Einzelne Berichte, die ich von öffentlich angestellten Aerzten erhielt, geben ein äusserst empfehlendes Zeugniss für die Wirksamkeit der von mir erzeugten animalen Lymphe. So erhielt ich beispielsweise vom Polizei-Bezirksarzt Dr. Schaumann folgenden Ausweis:

Impfungs-Resultate

des k. k. Polizei-Bezirksarztes

Herrn Dr. Schaumann in der Leopoldstadt.

Ich habe

a) 26 Kinder mit Dr. v. Heinrich's animaler Vaccine geimpft, davon

b) 29 andere Kinder abgeimpft.

a) Resultate bei Impfung mit der animalen Vaccine: in zwei Fällen keine Pustel, in drei Fällen eine Pustel, die übrigen alle oder die Mehrzahl.

b) Resultate bei der Impfung mit der humanisirten Vaccine: in neun Fällen keine Pustel, in drei Fällen eine Pustel, die übrigen alle.

* * *

Was ist also das Ergebniss meiner Erfahrung betreffs der animalen Vaccine? Lohnt es sich der Mühe, animale Vaccine zu cultiviren und welchen Nutzen und Vorzug hat sie der humanisirten Lymphe gegenüber?

Die animale Vaccine ist einerseits ein vorzüglicher Behelf zur Beförderung der guten Impfung und ist der mächtigste Hebel, um der in Misscredit gekommenen Impfung auch ohne Impfzwang wieder aufzuhelfen. Es kann als eine allgemeine Erfahrungssache gelten, dass Niemand die Impfung vom Kalbe scheut, und in meiner kurzen Praxis vom 12. Mai bis

31. October hatte ich 765 Impflinge, die über ein Jahr alt waren, bei welchen die Impfung aus Furcht vor Einimpfung constitutioneller Krankheiten früher unterblieb. Die Cultur der animalen Vaccine ist ferner ein Mittel, um jederzeit über eine genügende Menge Impfstoffes verfügen zu können, mit welchem man ohne Scheu betreffs der Abkunft desselben ruhig fortimpfen kann. Der Stoff, der mit schwerer Mühe von der Findelanstalt bezogen wird, ist an und für sich von verdächtiger Abkunft, einestheils von Kindern, deren Väter man gar nicht kennt, anderntheils von Kindern, bei denen vermöge ihres zarten Alters die latente Syphilis noch gar nicht erkannt werden kann. Dennoch ist, in Folge der Gesetze, der Impfarzt verantwortlich und riskirt bei jeder Impfung auf dicse Weise seine persönliche Freiheit. Gegen diesen Uebelstand schützt die Cultur der animalen Vaccine den Arzt vollkommen.

Ferner, dass constitutionelle Krankheiten im latenten Zustande sich befinden und der Ausbruch auf ein veranlassendes Moment harren kann, ist bekannt. Ein solch genügend veranlassendes Moment ist aber gewiss die Impfung selbst, da sic eine bcdeutende Reaction und sogar mehrere Tage andauernde Fieberbewegungen hervorbringen kann, dahcr Scrofeln, Rachitis und Syphilis sich nach der Impfung allerdings äussern können, ohne dass man sagen dürfte: »post hoc ergo propter hoc«, das ist, ohne den Impfstoff und den Impfarzt deswegen bcschuldigen zu dürfen. Bei solchen Fällen ist cie animale Vaccine ein äusserst werthvoller Schutz für den Impfarzt.

An dieser Stelle kann ich nicht umhin, darauf aufmerksam zu machen, dass zuweilen schon vor der Impfung krankhafte Erscheinungen bei dem Impflinge vorhanden sind und nicht beachtet werden, nach dem Impfen aber, welches den Eltern Anlass zum sorgfältigen Besichtigen der Kinder gibt, bemerkt werden, worauf Alles der Impfung zugeschrieben wird. Deswegen ist es dem Impfarzt besonders zu empfehlen, jeden Impfling, ehe er ihn impft, genau zu besichtigcn und jede krankhafte Erscheinung zu Protokoll zu nehmen. Es ist keinc Specialität in der Medicin so wenig dankbar und so wenig lohnend wie das Impfgeschäft. Die Meisten, auch von den Bemittelten wollen, dass es unentgeltlich geschehe, die Wenigsten honoriren es überhaupt, anständig sehr selten. Man hat in der That wenig Dank zu gewärtigen, denn selbst auch die geringsten Reactionen, welche durch die animale Vaccine in der Regel veranlasst werden, sind den Leuten ungelegen, da sie ihnen doch ein paar unruhige Nächte verursachen. Und wenn gar in Folge des Aufkratzens, was die Pflegenden nicht zu verhindern suchten, oder in Folge der Unreinlichkeit, der sie zu begegnen verabsäumten, eine Verschwärung der Impfstellen auftritt, so ist der Klagen und der Aeusserungen ihrer Unzufriedenheit kein Ende abzusehen und ist dann an Allem der Impfarzt und der Impfstoff schuld! Es gehört in der That eine gewisse Selbstverleugnung dazu, Jenner's segensreiche Erfindung zu cultiviren, denn nur in Förderung der guten Sache darf man den Lohn suchen, der für Arbeit, Mühe und pecuniäre Opfer nicht gezollt wird.

Trotzdem werde ich mich fortgesetzt der begonnenen Aufgabe widmen, in der Ueberzeugung, dem allgemeinen Wohle in meinem ärztlichen Berufe dienlich und nützlich zu sein, und ich halte mich überzeugt, dass eine Anzahl geehrter Collegen sich mit mir in dem Streben vereinigen wird, eine der Menschheit nützliche Special-Praxis zur möglichsten Ausbreitung und somit zur segensreichen Wirksamkeit zu bringen.

*   *

Schliesslich dürfte es nicht ohne Interesse sein, zu erfahren, dass es mir jüngst, und zwar den 12. September, gelungen ist, spontane genuine Kuhpocken anzutreffen.

Ich erhielt am erwähnten Tage ein Telegramm:

«Kuhpocken ausgebrochen, kommen Sie Lymphe abnehmen.

Erzherzogliche Güter-Direction in Ung.-Altenburg.»

Nicht ohne Misstrauen eilte ich mit nächstem Eisenbahnzuge dahin, aber die präsentirten Melkkühe hatten die wirklichen genuinen Kuhpocken.

Da in den mehrfach abgetheilten Stallungen über hundert Melkkühe waren, so dachte ich mir, die Fälle dürften nicht in einem Locale vereinzelt sein, und eiferte das Dienstpersonale an, bei dem eben bevorstehenden Melken ja recht aufmerksam zu sein, ob nicht noch mehrere Thiere ähnliche Erscheinungen darböten, und es fanden sich wirklich noch fünf Melkkühe mit genuinen spontanen Kuhpocken vor.

Ich nahm von allen sieben mit vieler Mühe so viel Lymphe ab als möglich war, und glaube, dass jene Fachgenossen, die es interessirt, auch noch im Laufe der nächsten Zeit, nachdem die Thiere nicht isolirt wurden, dort Melkkühe mit echten spontanen Kuhpocken antreffen und sich von der Wahrheit meiner Erzählung überzeugen können.

Ich halte es für meine Pflicht, der Erzherzoglichen Güter-Direction für die mir bekannt gemachte wichtige Erscheinung auch an diesem Orte meinen verbindlichsten Dank auszusprechen, und haben die Herren Wirthschaftsbeamten in Ungarisch-Altenburg mich durch ihre bereitwillige Hilfeleistung besonders verpflichtet, sowie sie auch das allgemeine Beste gefördert haben.